白靈截句

白靈 著

截句詩系03

臺灣詩學 25 週年 一路吹鼓吹

【總序】
與時俱進．和弦共振
——臺灣詩學季刊社成立25周年

蕭蕭

華文新詩創業一百年（1917-2017），臺灣詩學季刊社參與其中最新最近的二十五年（1992-2017），這二十五年正是書寫工具由硬筆書寫全面轉為鍵盤敲打，傳播工具由紙本轉為電子媒體的時代，3C產品日新月異，推陳出新，心、口、手之間的距離可能省略或跳過其中一小節，傳布的速度快捷，細緻的程度則減弱許多。有趣的是，本社有兩位同仁分別從創作與研究追蹤這個時期的寫作遺跡，其一白靈（莊祖煌，1951-）出版了兩冊詩集《五行詩及其手稿》（秀威資訊，2010）、《詩二十首及其檔案》（秀威資訊，

2013），以自己的詩作增刪見證了這種從手稿到檔案的書寫變遷。其二解昆樺（1977-）則從《葉維廉〔三十年詩〕手稿中詩語濾淨美學》（2014）、《追和與延異：楊牧〈形影神〉手稿與陶淵明〈形影神〉間互文詩學研究》（2015）到《臺灣現代詩手稿學研究方法論建構》（2016）的三個研究計畫，試圖為這一代詩人留存的（可能也是最後的）手稿，建立詩學體系。換言之，臺灣詩學季刊社從創立到2017的這二十五年，適逢華文新詩結束象徵主義、現代主義、超現實主義的流派爭辯之後，在後現代與後殖民的夾縫中掙扎、在手寫與電腦輸出的激盪間擺盪，詩社發展的歷史軌跡與時代脈動息息關扣。

臺灣詩學季刊社最早發行的詩雜誌稱為《臺灣詩學季刊》，從1992年12月到2002年12月的整十年期間，發行四十期（主編分別為：白靈、蕭蕭，各五年），前兩期以「大陸的臺灣詩學」為專題，探討中國學者對臺灣詩作的隔閡與誤讀，尋求不同地區對華文新詩的可能溝通渠道，從此每期都擬設不同的專題，收集專文，呈現各方相異的意見，藉以存異求同，即使2003年以後改版為《臺灣詩學學刊》（主編分別為：鄭慧如、唐捐、方群，各五年）亦然。即使是2003年蘇紹連所闢設的「臺灣詩學·吹鼓吹詩論壇」網站（http://www.taiwanpoetry.com/phpbb3/），在2005年9月同時擇優發行紙本雜誌《臺灣詩學·吹鼓吹詩論壇》（主要負責人是蘇紹連、葉子鳥、陳政彥、Rose Sky），仍然以計畫編輯、規畫專題為編輯方針，如語言混搭、詩與歌、小詩、無意象派、截句、論詩詩、論述詩等，其目的不在引領詩壇風騷，而是在嘗試拓寬新詩寫作的可能航向，識與不識、贊同與不贊同，都可以藉由此一平臺發抒見聞。臺灣詩學季刊社二十五年來的三份雜誌，先是《臺灣詩學季刊》、後為《臺灣詩學學刊》、旁出《臺灣詩學·吹鼓吹詩論壇》，雖性質微異，但開啟話頭的功能，一直是臺灣詩壇受矚目的對象，論如此，詩如此，活動亦如此。

臺灣詩壇出版的詩刊，通常採綜合式編輯，以詩作發表為其大宗，評論與訊息為輔，臺灣詩學季刊社則發行評論與創作分行的兩種雜誌，一是單純論文規格的學術型雜誌《臺灣詩學學刊》（前身為《臺灣詩學季刊》），一年二期，是目前非學術機構（大學之外）出版而能通過THCI期刊審核的詩學雜誌，全誌只刊登匿名審核通過之論，感謝臺灣社會養得起這本純論文詩學雜誌；另一是網路發表與紙本出版二路並行的《臺灣詩學・吹鼓吹詩論壇》，就外觀上看，此誌與一般詩刊無異，但紙本與網路結合的路線，詩作與現實結合的號召力，突發奇想卻又能引起話題議論的專題構想，卻已走出臺灣詩刊特立獨行之道。

臺灣詩學季刊社這種二路並行的做法，其實也表現在日常舉辦的詩活動上，近十年來，對於創立已六十周年、五十周年的「創世紀詩社」、「笠詩社」適時舉辦慶祝活動，肯定詩社長年的努力與貢獻；對於八十歲、九十歲高壽的詩人，邀集大學高校召開學術研討會，出版研究專書，肯定他們在詩藝上的成就。林于弘、楊宗翰、解昆樺、李翠瑛等同仁在此著力尤深。臺灣詩學季刊社另一個努力的方向則是獎掖青年學子，具體作為可以分為五個面向，一是籌設網站，廣開言路，設計各種不同類型的創作區塊，滿足年輕心靈的創造需求；二是設立創作與評論競賽獎金，年年輪項頒贈；三是與秀威出版社合作，自2009年開始編輯「吹鼓吹詩人叢書」出版，平均一年出版四冊，九年來已出版三十六冊年輕人的詩集；四是興辦「吹鼓吹詩雅集」，號召年輕人寫詩、評詩，相互鼓舞、相互刺激，北部、中部、南部逐步進行；五是結合年輕詩社如「野薑花」，共同舉辦詩展、詩演、詩劇、詩舞等活動，引起社會文青注視。蘇紹連、白靈、葉子鳥、李桂媚、靈歌、葉莎，在這方面費心出力，貢獻良多。

臺灣詩學季刊社最初籌組時僅有八位同仁，二十五年來徵召志同道合的朋友、研究有成的學者、國外詩歌同好，目前已有三十六位同仁。近年來由白靈協同其他友社推展小詩運動，頗有小成，2017年則以「截句」為主軸，鼓吹四行以內小詩，年底將有十幾位同仁（向明、蕭蕭、白靈、靈歌、葉莎、尹玲、黃里、方群、王羅蜜多、蕓朵、阿海、周忍星、卡夫）出版《截句》專集，並從「facebook詩論壇」網站裡成千上萬的截句中選出《臺灣詩學截句選》，邀請卡夫從不同的角度撰寫《截句選讀》；另由李瑞騰主持規畫詩評論及史料整理，發行專書，蘇紹連則一秉初衷，主編「吹鼓吹詩人叢書」四冊（周忍星：《洞穴裡的小獸》、柯彥瑩：《記得我曾經存在過》、連展毅：《幽默笑話集》、諾爾・若爾：《半空的椅子》），持續鼓勵後進。累計今年同仁作品出版的冊數，呼應著詩社成立的年數，是的，我們一直在新詩的路上。

檢討這二十五年來的努力，臺灣詩學季刊社同仁入社後變動極少，大多數一直堅持在新詩這條路上「與時俱進・和弦共振」，那弦，彈奏著永恆的詩歌。未來，我們將擴大力量，聯合新加坡、泰國、馬來西亞、菲律賓、越南、緬甸、汶萊、大陸華文新詩界，為華文新詩第二個一百年投入更多的心血。

2017年8月寫於臺北市

【自序】
臉書與截句

白靈

詩是經驗、想像、思考在語言上的偶然粘合，也是此四者彼此的相互抗衡、爭辯和妥協。其可能樣貌千奇百怪，常誕生在意想之外，過程往往無法預估，而且時過則境遷，無以重來，更難以自我複製，其迷人處也常在此。

在這本截句的誕生之前，從來不認為一本詩集可能在半年之間完成，更不認為詩集的產生非得扯上臉書不可。以是，這本詩集的出版絕對是個偶然。在去年之前，想都沒想過會守著臉書可以寫一本詩集，而且果然只在半年之間完成。一切只因在2016年底臺灣詩學季刊的年會上多事地提了個案子，建議詩社同仁在2017年底25週年慶時，是否能共同參與出版一系列截句詩集，看能不能繼「2014鼓動小詩風潮」之後，把小詩運動再另拱上一個高峰，結果當場至少有十位同仁願共襄盛舉。當時也順帶提議是否可在網路上徵截句稿件，期能出版一本截句選集。結果事隔不到半個月，年會當天未到場的蘇紹連兄竟在短短數日間已架好《facebook詩論壇》，並自今年1月12日起徵求截句稿件，要在6月30日截稿，準備出版一本《臺灣詩學截句選》，並「擅自」指名主編即是我。我還隔了好多天才知有此訊息，並被社長蕭蕭兄追蹤為何未見我出現在此論壇上。真是冤枉啊，便這樣，硬把不太愛上臉書，通常數月才臉書一次的我，硬生生綁架了。

於是自一月底起便與《facebook詩論壇》有了千絲萬縷的瓜葛，幾乎一兩天、甚至連續幾天日日便要刊登一兩首截句。如此才至七月上旬，約半載下來，竟也累積了一百首詩，真是大大出乎自己意料之外。更詭異的是，這樣的創作動力其實多少與臉書詩友間的互動有相當大的關聯，加上不少詩齡資歷不一的詩友善意乃至深入的點評和建言，大致可測度出詩語言的深淺與讀友回應間有著不可盡測的互動關係，使得網路詩寫作成了人生中不曾有過的快樂創作過程。

而截句此一形式在臺灣的出現和發揚，其實與近幾年個人對東南亞地區華文小詩的發展賦予極大的關注有關。2014年的「鼓動小詩風潮」只是個契機，那一年臺灣有八個刊物出版了小詩專輯，大致承認十行以內的詩作為小詩的公約數。但「小詩」一詞似乎在彼岸大陸施不上力，甚至不太使用「小詩」一詞。一直到2015年底大陸小說家蔣一談橫空標出「截句」一詞，將一行至四行小詩全涵蓋其中，並在2016年邀得十餘位檯面上叫得出名號的中堅詩人的認同，多數截取舊作之佳句，出版一系列截句詩叢，唯其一方面並未標註出處或附上原作，一方面也未標識詩題，如此所出截句詩集乃成了片語斷章，較為隨興，或有供讀者隨意翻閱之便，卻難知創作之原委。

而截句一詞其實自古有之，與絕句一詞相當，今既增其一至四行的彈性、及可截舊作的模式，又欲繼古來傳承，則當有一首詩的模樣，因此詩題(編號也算)及完整度即成了臺灣截句的基本要求。收在此集中的一百首詩則皆是新作，有些詩從過去未完成的斷簡殘篇汲取靈感，有的因刊登作品回應詩友而有新想，有些為長年布演引發的一系列遐想或因造型特別而有所感，有的是應和詩友作品，有的是其間旅行、訪問所得，更多作品則是平日不斷給自己一點功課，日久下筆易有闡發，乃成了「非得截句不可」的習慣。

時日漸長，發現截句之完成不僅簡明易行，對過去理還亂、剪不斷的一寫就長的作詩方式漸感不耐，反而有了古人寫絕句詩的靈光和樂趣，往往下筆如有神助、不日即成。如有不滿，也易一修二修三修，況且臉書不僅留下重寫痕跡，編輯紀錄也清晰可查。習慣上除在《facebook詩論壇》發表外，亦同步將詩另刊於個人網頁上，並加以註明，主要因詩論壇上寫手如雲，詩作轉眼即被下壓，若有回應亦短暫一兩天之間，不得已只好另於個人fb同步刊發，如此寫作日期排列有序，詩友回應紀錄、如有插圖攝影亦易保存完整。且按年月日長期堆疊，查詢容易，不易流失。臉書對創作之助益和此等便捷性，過去竟然視而不見，豈非過往歲月一大損失？然則若非蘇紹連兄開立《facebook詩論壇》，蕭蕭社長的催促和示範，為截句風潮打開一扇大窗，引發眾詩友創作熱情並長期熱烈回應，則所有這些可能都成了不可能。

至於此集百首截句因篇目過多，為讀者閱讀方便，乃概分五輯，標註月日，省去2017年，但並未按日期排序，而將主題相近者或喜好稍集中者輯於一起。只輯五因圖文並刊，性質最為接近，其中布演圖多為藉新店社大學員長年戶外教學之便，到臺灣各處隨興自我展呈身姿之攝影，少數為詩友之即興插演。此等布演乃將身體輪廓模糊化，隱去與外界景致之界線，使身體有機會與自然相融而不再突兀，宛如夢之裝扮演出、詩之將經驗透過想像而得轉化，其作用乃有曖昧、模糊、重組、隨興、任意、更易與天地互動之便利，如此竟使十餘年來的布演有了可將「身體詩化」之作用，亦因緣際會所致。

又附錄則是摘選詩壇友人於fb上對拙作之分析、點評、及回應數篇，尤其是新加坡詩人卡夫及懷鷹兩位的長期關注、臺中長年宣導詩教的畢仙蓉老師的新詩引導式教學方式，林廣、楊子澗在fb的長年努力和經營，均有前引之效，令人感佩。此正見出fb在創作中扮演了即時互動、掐緊時間咽喉、又發揮了將詩效持續發散宣染的強大功能。

臺灣小詩運動由上世紀七、八〇年代起轎，多半起落不定，近年在東南亞尤其泰國小詩磨坊的刺激下，才用力更深。而今年由更精縮的截句領軍，藉臺灣與歐美東南亞華文世界均有臉書可大規模互動之利，引發風潮，且只是開始而已。此個人截句集有幸參與其中，真是熱鬧和有趣，未來一年此形式的創作還要持續，仍待進一步琢磨、研究、努力。至於截句可否變化新詩創作主流，可能或難估量，也不必去估量，或許正在方興未艾中，成效如何，又何必計較在意，交予時間去驗證就好了，且放心跳入語言之海，截句去也。

目　次

輯一

輯二

輯三

輯四

輯五

附錄　臉書評論摘錄

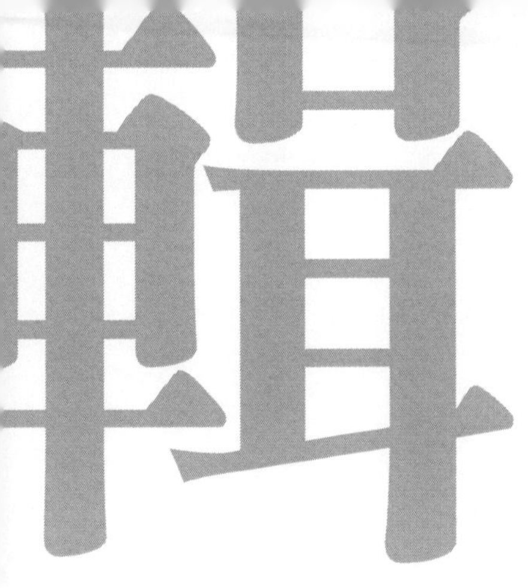

胸襟是抽不盡的捲尺

從一座城抽出另一座城

詩是最好的情人

捻響星光，送十斤海濤
煮三兩風聲，鑄造最靜的吵

你在它身上用盡全力
而不虞受傷

3月15日

詩是一朵花

每朵花都是一座敦煌
詩人是花瓣上的一滴清淚

為在花尖上凝結自己　而來
為在花影下滴碎自己　而去

2月21日

轉念

漂泊的夢從黃昏中回來
踩上窗外走廊，發現老安樂椅上
早坐著一輪搖晃的落日。皺皺眉
掏槍時轉了念，竟欣賞起這幅晚景……

2月15日

銅像

一尊銅像站起身　玩空所有的廣場
一旗主義揮揮手　就招齊了一整個年代的魂
一句口號出口　轉彎還能射穿人心
而僅僅因一樁偶然　竟啃盡已然必然和未然

2月6日

夜的根

深夜對窗，另一個我坐在窗外
兩盞燈在哨風中各自埋首於
兩張水池上，定定如光之浮標
一外一內偵聽著，夜的根伸向何方

2月13日

你如何推開詩

毛毛蟲如何推開牠的毛
霧非風　如何推開飄
魚推開得了水嗎
笑非喉該如何推開　笑聲

4月25日

灰塵一族

整天說的話都是灰塵
時間才作勢張口，它們早無影無蹤
睡夢中出現一塊金子，說自己是詩
細瞧，嘿，灰塵原來都聚在這兒！

2月23日

灰塵一族　之2

祖先站我基因裡，宇宙在他背後
何物不歷千百劫，賓果才現眼前？
井中猶有井，河中猶有河
一灰一塵能停何方？億萬次入生出死

3月14日

灰塵的宣言

每粒灰塵都是一座地球
灰塵與灰塵，一如地球與另一地球
同樣摩登，絕不重複。因此我們是
灰塵內的灰塵，地球上會飛的地球

3月4日

暮色

時間鑽出了水牛角尖
田中小徑牽著
為彎下身的黃昏一路放血
繃臉天空綢緞也似鬆了

3月28日

行囊裡的落日

行囊裡跳出一整冊的落日
有的被海私藏，有的被山沒收
身旁曾與你一起黃昏的影子
有淡有濃，近的曾重疊遠的只交錯

3月24日

誰的戲

日落海上，準備最終的演出
我的睫毛拼命揮走多如蝙蝠的烏雲
舌頭還伸長到天邊，不捨它摔得太重
黑夜出手，把晚霞的傷口拉上

3月10日

捲尺

旅行是由眼睛抽出捲尺
不出門看不到距離的刻度

胸襟是抽不盡的捲尺
從一座城抽出另一座城

6月9日

自己的聲音

這邊一排浪　那頭一箱風
可惜只有兩隻耳朵
冷看自家兩耳疲於穿梭
如不知該棲何樹的　蟬

4月12日

當掌聲響起

那一瞬　時間站起身
立了一秒鐘的碑
即被逝者如斯夫抓走
戴上氣泡帽拍照　啵

4月11日

渺小

越渺小之事物
越想把影子留下
夕落中愛戀起斜影的
那隻小瓢蟲　是我

4月10日

無畏

一隻鳥正在陽臺演唱
樓下大街遊行也在掀浪
鳥叫聲高舉，以小舌
翻轉群眾成樹下的掌聲

4月9日

完了

詩寫完後，子彈離匣般不回頭了
再無語花激濺之噴薄、及抵死糾纏感
又隱約心痛，有什麼螺進耳蝸內
斷了的臍帶在喊我：救救我！

3月9日

自己的影子

枯葉吊晃在枝枒下發抖
深信這是結束不是開始
直到風來附耳說：翻滾吧
誰都能在自己影子裡找到詩

2月17日

微風

懷裡早鋪平的一港的靜
開門時突漣起一千年的皺紋
探身，喲！卅年前那整船隊的微風
正以影子之姿自對街徐徐　輾來

2月16日

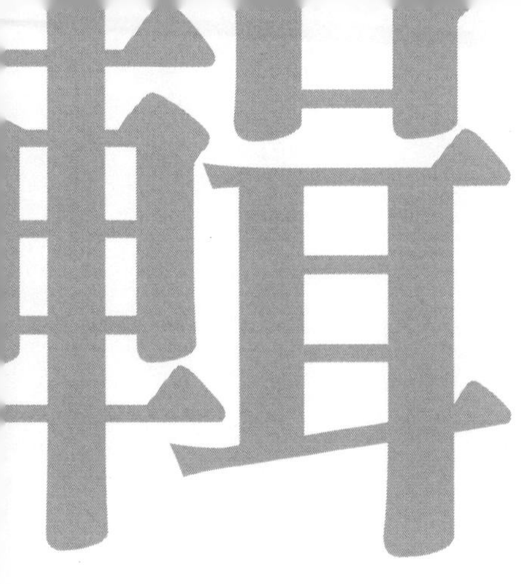

站在船舷，看著北竿載著
落日駛離，接著運走了亮島

二

駛離馬祖

站在船舷，看著北竿載著
落日駛離，接著運走了亮島
然後東湧燈塔從眼角開走
開進黑夜時只剩一整船的濤聲

6月8日

看馬祖人泡茶

列島沒有這幾隻杯子自由
人人杯裡都裝了一座海
杯外風是皮膚，杯裡雨是髮絲
倒光了還聞得到太陽燙開的　香

6月11日

群英會

——在龍人古琴村

一輪圓月當空說法
群蛙鼓唱　溪水興奮
啤酒被叫得盡是泡沫
遠山哈欠　拉雲掩肩睡去

5月12日

樹木銀行

每株樹都是一座銀行
葉子的花的，種子的蟲子的
蟬的風聲的雨滴的樹影的

木在天地間，於我的胸膛上敞開

7月13日

悟

木魚在手指頭反覆啟發下
啄亮了經書的咒語
小沙彌雙掌用力一推
敲響了木樁中最初那句鐘聲

你是自己的遠方

你的眼睛連通海
你是你甩得最遠的浮標
波著遠方　被遠方波走
海被吵醒說　什麼是遠方

5月24日

甘地的胃

空空一間房
就泥住幾師英軍
印度蹲進來　取暖
站出去　印度好冷

4月13日

甘地

跋涉沼澤越林過山，穿隙市集
單闖槍口，獨面胃之洪荒

焦渴難當，我才爬出他的傳記
縮如灰塵，開始為他的印度哭泣

註：甘地（1869-1948）一生自1913年起先後進行過18次絕食抗爭。他是世界公認採此非暴力抗爭模式（non-violent resistance）第一人，但效果不一。甘地曾在1922、1930、1933與1942年時入獄，於獄中進行絕食以抗議英人對印度的殖民。末次於印度獨立前夕，印度教徒與回教徒相互殘殺，他於70歲高齡仍進行絕食21天以籲團結，撼動印度全民。此種終生獨自以「一胃」之空之自苦，為印度之自由和平抗爭的行徑，顯非常人所能。

4月7日

甘地不是英雄，既不騎馬打戰，沒有一支軍隊，最後卻使日不落國屈服，降旗撤軍，退出印度。他只會紡紗，只會絕食，爭自由爭民權平族爭，就是靠空出一隻胃，胃空了，就裝進了整個印度，這是他、也是世界史上最強悍的武器。他一輩子又沒拿過槍，最後卻死於槍下。他的確不是英雄，他被稱為聖雄。

4月12日

野營

你的話都從篝火中
蹦出了櫻花
你還忍得住不跟我
往烈焰裡跳嗎

4月5日

伸進來的風景
——馬祖印象

這裡星星見到人都愛鬼叫
叫出銀河　齊聲嘶喊　又想聽
人間石壁是否住不一樣夜晚
石縫裡果然浪漫　燙燙的海

6月17日修訂稿

雲端

雲端的雲有光速那麼快
天頂飛的都極度羨慕
碰到每座山都問：哪裡是入口？
有座山說：有若無無若有我也光速

4月4日

回到漣漪的中心

逆著漣漪游回圈圈的中心
尋找當年肇事的小石頭
下潛打撈，一條魚剛游開
魚眼閃過賊影，分明那冤家……

3月31日

漣漪回頭

一定有顆小石頭或尖或滑
沉沉睡著在每個人心湖底
漣漪早早上岸
石子仍在湖心　緩慢變形⋯⋯

4月1日

漣漪的幻想

一隻神奇地伸入我身體的手
輕易就抓走湖底陳年小石頭
絕不准它沾上一滴淚
我會忍耐：湖水微微下降的波動

4月3日

小石頭上的指紋

湖心底下，小石頭上那人的
指紋，所有漣漪都沒帶走
派去探究竟的小魚也回不來
聽說都當了五枚指紋的守衛

4月8日

最後的鐘聲

鐘聲已數完漣漪　溯游去了
捶子釋放走它骨頭裡的震
草葉也撈回嚇落的髮　和魂
唯耳膜獨擋四野回音不讓路

4月22日

湖岸聞寺鐘

向水葉子無不震顫
整座湖也同步發抖
漣漪在鏡面輕步凌走
按摩鏡裡的雲和　我

4月27日

視訊境外友人

還在為臺灣頭疼嗎
從視訊借你剛起飛的白鷺鷥
爪著一條溪翅背晨光——小心！
就是朝我們的笑喙來這隻

3月29日

滴落

滑落的一滴滴淚，該怎樣儲存？
只偶然水果般的日落，滴在掌心
驚的是，一滴背光的神秘長影
推開門僅一秒鐘，即成快閃的風

2月24日

早課

一扇窗張口傻在那裡

莫非被風吹開的昨天？

至於沿心情爬上書桌邊邊

一翕一張今日的，唯晨光的羽

2月14日

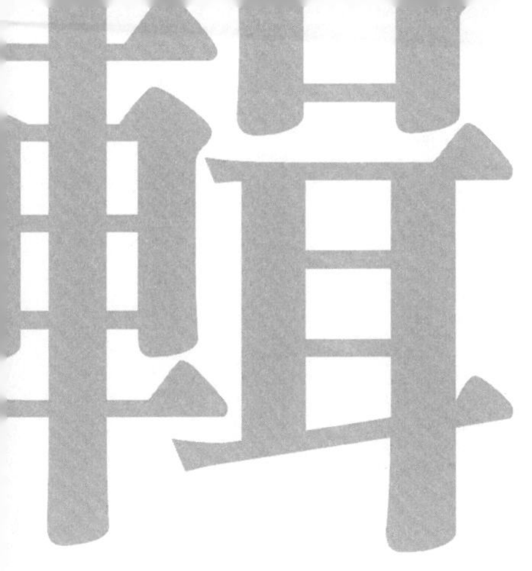

輯三

茶香是一種遠方

身體是遠方飛的道場

曬茶

茶香是一種遠方
身體是遠方飛的道場
被點化的鼻都裝上了
用陽光雕塑的翅膀

5月16日

遊壺
——借張家齊回應拙作詞

拎六克普洱，拈三分閒適
躍入一隻茶壺中，肋斗翻
等等，聽，水獸開始在壺口吠叫
一聲聲，叫開了午後長長的關節

註：「六克普洱」、「三分閒適」、「午後」、「關節」等詞均詩友張家齊在回應拙作〈詩是最好的情人〉並新加坡詩人杜文賢點評此詩時的用詞，不敢掠美，附記於此。

3月17日

我的心有好幾個洞
——和蕭蕭〈我藏著一片草原〉

一個洞　蛇一條小溪

一個洞　風箏一隻老鷹

另一小洞挺了很久

刻雷電收流星的黑黑草原

4月20日

假裝是咖啡

——和蕭蕭〈假裝是俳句〉

胸中終於空出了一座廣場

才聽到蕭蕭經常數的簷滴聲

數久了　五滴雨也數成了七滴

雨滴勝咖啡　滴滴滴進夜的眉心

4月2日

龍隱後的以後
——戲和蕭蕭〈龍隱之後〉

「進來吧」，但見山門外
濕漉漉的鱗尾閃扭一下
「小弟不才，造次了」
雲旋入，心中那株荷霧裡消失

4月24日

豈敢

——借用辛牧在《fb詩論壇》留言

荷葉對造訪的霧喊：

你是露　下來搖我

小弟不才　豈敢造次*

霧躡腳憋氣抬走了早晨

註：第三行八字為詩人辛牧在第一次造訪《facebook詩論壇》時的簡短留言，此詩及上一首詩均借用。

4月23日

昔日

伏石蕨是善卜的陰陽家
從巨石身上掘起一片片陳年往事
不用仰頭　就算出山棕樹的葉尖
有一滴淚正被陽光緩緩　蒸熟

7月6日

非城勿擾
——想起紐約

駕駛影子攻入這城市
城池比想像要沙漠多了
樓房沙丘，玻璃綠洲
影子顛簸如焦渴的風

5月2日

有一天臉書

到那時我們會圍坐一本古書
打開某一頁挖的一口古井
有人伸手撈起井壁一綹長髮
開始吧：第一個跳井的女子是誰

4月21日

臉之書

臉書堆臉，何止千仞
情和恨各被哪一層夾住？
誓言從哪個縫隙逃出？
詩擅自刎，表演無的藝術

5月1日

詩與臉書

詩投進臉書像落了湖
心上漣漪連接的是電磁波
推人也被推，手機上跳出
詩抓緊槌，該敲醒哪張臉？

註：有詩友Chiechin Peng建議此詩可倒著讀，說更有張力。現試排於下，好像真的更有跳躍性，謝謝Peng詩友。詩跳出日常語言的「邏輯性」，造就其「不服管」的「神話性」，這即是一例，提供臉友參考：

***詩與臉書**（倒著讀）

詩抓緊槌，該敲醒哪張臉？

推人也被推，手機上跳出

心上漣漪連接的是電磁波

詩投進臉書像落了湖

4月28日

總有這個時候

祭臺上，刀刃饑渴
只等喝我的血了
我魂已離，現在是甘心
被挖鰓去臉的一尾魚

5月4日

領袖

繞著軸心吧所有人
讓一根指頭旋在半空中
時間淡淡說，能夠永恆
因為從來沒有軸心

5月3日

黑夜來時
——讀「頒齊柏林褒揚令」有感

拎一大袋晚霞，落日不曾回眸
得意地步下地平線去了
背後撲來黑魆魆的蝙蝠
有百萬雙筷子，夾光了夜的大腦

註：見6/25聯合新聞網：「總統頒齊柏林褒揚令：現在，一點一滴重建國土」。

6月28日

詩是一桿釣海

從未命名的魚裂嘴而笑
畸形著未知　怪狀著想
繞著垂入海中的我的鈎
一隻暗中待張嘴咬住的　心

5月27日

沐月

眾鳥穿林而下
最無聲的吵
月光正瀑布著
一株茶樹

5月20日

日出茶

日　跳上茶葉尖
月　躍下茶葉尾
地球日日葉片上漂亮轉身
壺張嘴說小心倒出一彎光

5月19日修訂稿

武夷岩茶
——從天心永樂禪寺下牛欄溪

從牛鼻蛇入的小溪水
牛體內不可思議四公里
闖至牛尾端方讚嘆鑽出
汗出岩石的每根毛都　茶

5月14日

叫好

花瓣顫，蜷蕊突地彈開
游來第一絲香，鼻張翼抓住
舊葉掉下去，掉下去
嗒一聲，那是它叫好的方式

3月19日

蝶翼密碼

這一回，窗外枝枒上那隻蝶
專程為我飛降嗎，總計揮翅108下
如連射的念珠，顆顆擊中我眼眸
它的密碼我攜至夢中，夢大呼過癮

3月18日

有時眼神是落日

你的眼神像我收割的落日放不進行囊
車子裝不下，卻自動滑進腦細胞的
皺褶裡，躲了很久才流向指尖、筆尖
突地竟分泌出光，射我入黑夜的空茫中

3月11日

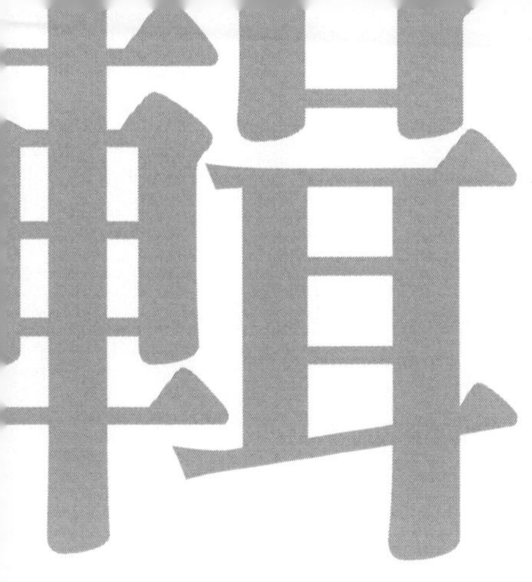

在雙腳止步的邊界
正是夢開始廣闊的地方

逝

秋陽靜靜灑下大批麻雀
一粒一粒啄光了蟬聲

鐵馬遠去　把男孩包裹入
一條風景裡

1月28日

終有

每粒鹽皆有它最終的鹹處
記憶再舊，也有一角落可色澤

守著門縫穿夾襖那婦人
夕暉中發了光，即老去

1月28日

影響

歷史再高的浪
時間都是最好的消波塊

如果海星伸足擋得住一朵雲
如果蛞蝓能爬行天空一整年

1月31日

夢都是安全的嗎
——記題金門友人

昨日，以及以前的昨日一球球
跳出懸崖，一陣煙火似驚叫後
一張張在你的夢底安全地
張傘……偶然點於一堆碎白骨上

2月1日

冬夜觀星

夜抖擻一身黑袍，掉下滿天星砂
游天的雲都說自己是宇宙神仙魚

在雙腳止步的邊界
正是夢開始廣闊的地方

1月29日

山寺聞鐘

聽到鐘聲時，心都開了花
一記鐘聲敲開一朵花
何方是盡頭？可以止住它盪開嗎？

履其上，向外又向內的波之花

2月2日

錯覺

如同以為枝枒指著風的方向
雲指著翅膀們消失的盡頭

我蹲下，帽子浸入水裡，整條江就可
戴在頭上然後感覺它流　逝的方式

2月4日

金瓜石

石階是硬的，街道是亮的
坑道墨黑幾萬雙手爭先插入，挖空自身
山體內部水滴正滴答已熄滅的頭燈
博物館中那座金磚還在流汗……

2月9日修訂2稿

政客

歷史是中空的，用金縷衣
包裹住肉身，肉身緊緊包裹骨骼
骨骼中奔跑著蟲蟻，刺穿他眼眶的是
盜墓者，我們是他袖上掉下的灰塵

2月20日·

喫影者

全世界影子皆是一支黑杯子
承載著站在地上各式的身體
當喫影者一點一滴霤光了它
很高興終於收拾掉杯中的我

3月5日

多元共生植栽
——在臺東羅傑農場

大地不懼顏料盤如何調色

芭樂旁鳳梨旁檸檬旁甘蔗雜草

福佬D雜客家N雜原民A雜外省

雜種在土地也在體內，共生我們

註：堅持十年搞「秀明自然農法」的羅傑，從不施肥灑農藥，一切以永續經營、取法自然、善待土地入手，採多元共生植栽手法，誠不易為、卻是最自然之法。羅氏乃文化大學中文系畢業，想法特異，租地七甲多，跟從者漸夥。

2月28日

大庄公廨

神祇持斧揮舞，女巫裸身泣嚎
信眾醉狂，沿荷蘭文蜿蜒
阿立祖引諸神回到瓶壺中
遠遠漢人的廟宇龍飛鳳舞

註：西拉雅族逃避荷人漢人屠殺，由西部攀越中央山脈至此玉里附近的東里社區，以簡陋之小小公廨聚集祖靈和族魂，幾百年的忍和辱都在酒瓶中溶解，後立大神位，中立大將軍柱和竹編網，前裝飾以漢人之香爐和筊杯，來時才祭上真心的三顆檳榔。

大家暱稱「番婆」的凃妙沂（在臺文戰線及笠詩刊寫臺語詩）代族人獻上，默禱數語，幾百年複雜的族群糾葛在細雨中紛紛落下。唯遠方漢人的廟宇繼續龍飛鳳舞。

2月26日

掃叭石柱

如劍指天，如指戮夜
逆光時自動深入繁星之間
幾千年歲月張喉仍嚥不下
眾神背著巨石恣意飛翔

註：早上天未明，才五點半，一行人來到花東瑞穗附近的掃叭石柱參觀。上臺地前自拍影子，前面地上逆光多像繁星點點。又像未見掃叭石柱前的古人自我影像的投射。石柱約六七米高，如劍指天，如指戮日，充滿神話意象。年代久遠，如何運此，石來自何地，各族有各自傳說。這是一個飛翔著神秘的基地，幾千年的風雨歲痕舔舐著巨石。

2月26日

再探李臨秋故居

供桌上還摸得到筆勁和指紋
那個年代在古舊地板裡叫著
眾兒跑跳讓每瓶酒都不能安寧
幸好詞裡有夜來香幫忙押韻

註：一生清苦只愛紅露酒和夜來香的李詞人（1909-1979）生六兒，小仄房最多時住二十餘人。

4月18日修訂2稿

過李臨秋故居

夕陽將「一個紅蛋」打破在街口
老詞家拿筆沾了　寫就「四季紅」
也無法塗「補破網」似伊呀的窄梯
只得把老天井唱成一口「望春風」

4月17日

說花一樣的話

花是地向天　開口說的話
海、水泥和柏油暫時例外
每一寸地球都在教我們
拼命開口　用花說話

4月15日

寫詩是閉著眼睛開鎗
——覆連安琦

詩扣下扳機，子彈有離膛的痛快
和落寞，前方突彈出飛靶、張齒
要命竟啣得神準，手槍驚呆原地
嚇出一個月的汗

3月10日

截句的原因

匙孔找對鑰匙再糾纏也只能一瞬
你見過鑰匙一直插著不拔的嗎
最精彩的演出是用噴的
煙花燦天後不凋謝還能叫煙花嗎

2月19日

區役場
——臺東鹿野所見

食物香味中飄出來的一群小農
坐在這裡，把時間反覆翻炒
腳踏車們在外頭候了一上午
主人個個回頭說，再等一下啦

註：老屋重整後，小農聚集於此，什麼都是自種自製自銷，在小小攤子後面，為自己的乾淨食物而愉悅地笑，滿足這樣的空氣和來往的人影。紅芭樂，餅干，長條不規則麵包，酵素，咖啡，義大利麵，烤餅，緩緩傳遞，包括眼光，什麼都慢了下來。腳踏車在外頭等著，主人說，再等一下，這是二月尾的星期日，時間緩緩在門外流過。

3月8日

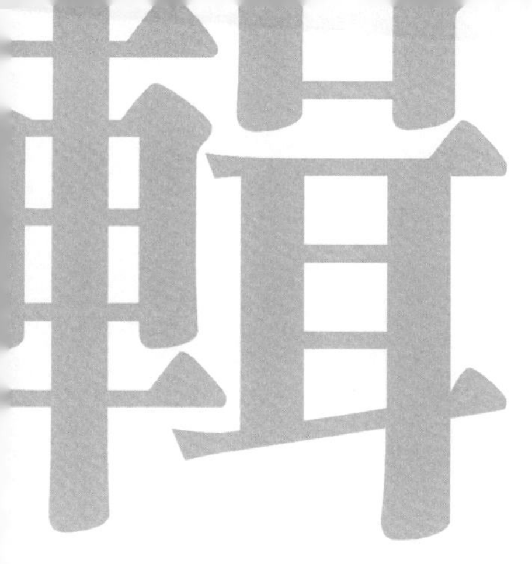

蟬聲如羽球拋高又落下

發發入瓦穿牆，悄裂著一切

（馬祖牛角村布演）

海出門旅行

海披衣起身，誰能阻攔她如何玄想？
當她一絲絲解構，自浪尖輕鬆脫身
搭不可思量之無數透明梯，螺旋向上
噹一聲門開，眼前漫天雲朵的神思場

3月13日修訂稿

（金門二膽島軍港前布演）

戰爭瘦身後

袖袍中少了砲彈和坦克
戰爭瘦身成迎神七爺的形象

他把二膽舉得與歷史等高
路過的海風竊笑地吹著號

7月11日

（金門水頭得月樓前布演）

得月樓前

閃過幾十萬發砲彈後
就可得意地抱住歲月嗎

蟬聲如羽球拋高又落下
發發入瓦穿牆，悄裂著一切

7月10日

（花蓮宜昌國小校園內師生聯手布演）

自由

海與池塘最大的不同是
你可以全裸或半裸
鯨魚對岸上穿衣人說
來吧，自由是屬於無臉一族的

7月8日

（金門軌條砦布演）

金門軌條砦

以仰角輕視一座海
以必腐　褻瀆不朽
砲聲吞過濤聲
濤聲吞了血的　叫聲

5月7日

（金山八煙布演）

遙

水庫是雲的倉廩
每滴水都隱藏著翅膀
是誰拍開迷霧的鴻溝
在耳旁喚你隔世的名字

7月3日

（大肚美人山頂上布演）

一點一滴重建
——讀「頒齊柏林褒揚令」有感

雞犬們無地可遁
只好把臉　插進土裡呼吸

老鷹鼓翮飛過　抓起地球宣誓
看我一點一滴重建天地的秩序

註：2017/6/25聯合新聞網：「總統頒齊柏林褒揚令：現在，一點一滴重建國土」。

7月2日

（金山八煙布演）

詩

來無臉　去無臉
露珠小鏡子啊
能否博君一粲？
小野花蹦開　蹦落

6月30日

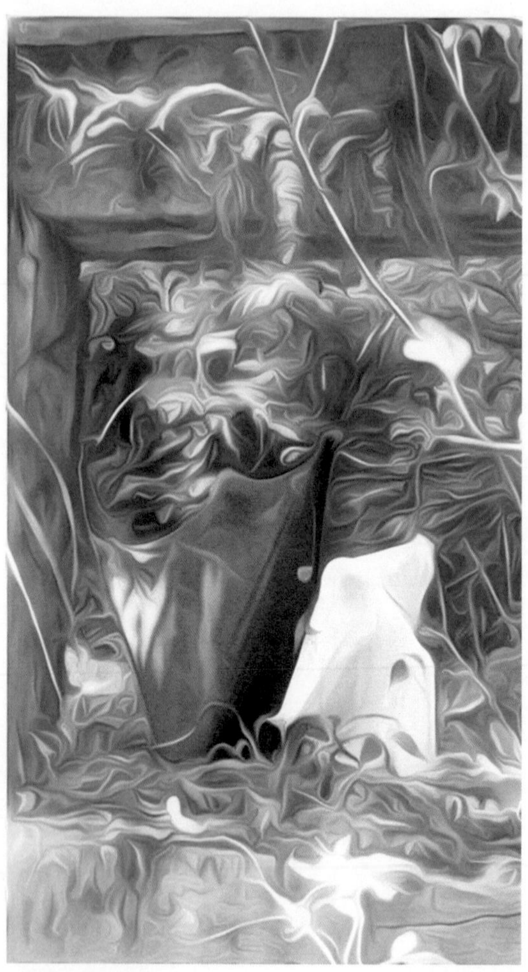

（九份小粗坑布演）

詩人跟他的夢

金子已空　山泉重注礦體
淙淙水流淹沒鐵鍬聲
礦工跟他的夢仍醒著
不死兩隻蝶　抿水而活

6月28日

（馬祖酒廠露臺詩人林煥彰布演）

被倒空的母親

不忍心看

最後一絲酒香離開

被倒光的酒甕

翻過身去

6月27日

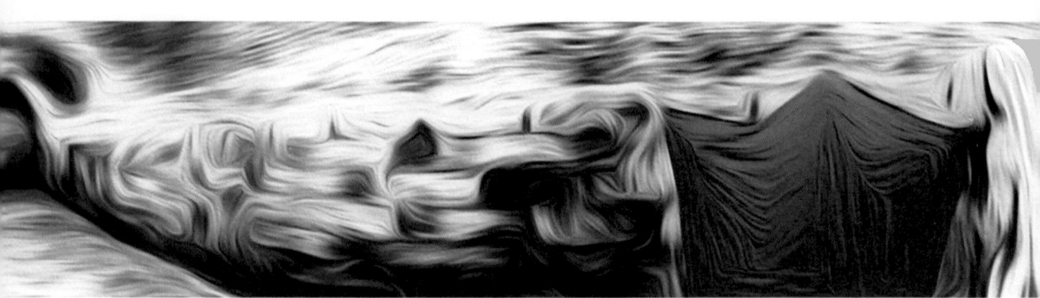

（淡水古砲臺坑道內布演）

現在不在家

現在在家不出門，過去路過
簇擁不了它，未來也趕來拖它

修女拍我肩說：去吧，你的撒旦
就在你害怕前進的腳印裡

6月26日修訂稿

（司馬庫斯神木下的布演）

離開的姿勢

踩在地球臉上任何一隻腳印
莫不無形地脫落，不留一塵

三千年後猶昂然的神木啊
讓我是你一片葉子下的陰影吧

6月25日

（花博布演／許春風攝影）

時間

自我身子裡伸出雙手
組我拆我　捏我捶我
永遠也不打算完成

從未現身的我無臉的父

6月24日

（馬祖牛角村布演）

甘拜下風

舉笏參拜吧
向鱗鱗灰塵，點點原石
在飄與頓之間
真的，你們比什麼都永恆

6月23日修訂稿

（新竹司馬庫斯竹林布演／林芫芬攝）

孽種

神木擋道，密林包抄
多年仍不就擒那異形
依故奔突胡闖猛地撲向我

天，竟是前世那廝？！

6月16日

（九份大肚美人山頂的布演）

獨角獸

牽著獨角獸的人來了
佔最亮處，指點著山水

把黃昏解釋成黎明
把深淵解釋成峯頂

6月5日

（淡水古砲臺戰備坑道內布演）

隧道忽見蝶來蝶去

甘心於一瞬之舞吧
暫作無臉蝶男蝶女
身體即是時光的隧道
出口就會摸到自己的　血水

6月3日

（在淡水古砲臺布演）

霞

昏紅的閉幕式開始了
我是前來撞鐘的蝙蝠
黑夜強酸，足以溶翅
來，舞是飛的起手式

5月29日

（漳州古琴村外布演）

千年樟樹
——漳州古琴村外

自千年之頂跳
下的一片新葉
風箏了　我的視線
小公雞的叫聲直達天聽

（修訂版）

（金山八煙布演）

快活如何倒影

會割斷時間之喉的快活
是沒有倒影的
天光落下，不分水清水濁
誰能看清水裡自己的笑聲？

5月8日

臉書評論摘錄

銅像的虛偽
——讀白靈的〈銅像〉

卡夫

【截句】〈銅像〉／白靈

一尊銅像站起身　玩空所有的廣場
一旗主義揮揮手　就招齊了一整個年代的魂
一句口號出口　轉彎還能射穿人心

而僅僅因一樁偶然　竟啃盡已然必然和未然

讀白靈兄這首詩，我讀出了一種歷史觀。

年輕時曾經充滿理想，嚮往所謂的英雄，對那些能被立為銅像的英雄肅然起敬，尤其讀到對岸的歷史，在那烽火連天，動盪不安的大時代裡，「英雄」們都奮不顧身，前赴後繼，為信念拋頭顱灑熱血也在所不惜，殊不知大多數的他們最後不但無法享受到勝利的果實，有些甚至還成為野心家政治宣傳的工具。只有那些被「選」立為銅像的英雄們才能永遠活著，但他們即使是高高地俯視著整個廣場，也就只能有一種站著的姿勢，他們失去了話語權。

詩的第一句：

一尊銅像站起身　玩空所有的廣場

「玩空」正是白靈兄對這歷史的荒謬做的最無情的諷刺。是誰讓銅像「站」起身？哪個銅像會被選中而站起身？他沒說，但我們是心照不宣。玩空的「空」具有深刻的意義，這裡不是指空無一人，而是指整個廣場裡一個也不漏掉的意思。銅像似乎是孤獨的，其實廣場裡都是仰望的群眾。你以為他頭頂著天腳踩著地就不會說謊嗎？其實正是因為他被選為銅像，群眾才會相信他，野心家就利用了這種盲目崇拜的心理，玩弄歷史的真相，愚弄所有的群眾，達到了個人的政治目的。

單靠冰冷的銅像還不足以讓群眾死心塌地的跟隨，所以必須要有能吸引群眾信仰的信念，這就是接下來詩的第二句：

一旗主義揮揮手　就招齊了一整個年代的魂

英雄為主義服務，他的「偉大」貢獻自然能感動與號召更多的群眾加入，他活得偉大，死得光榮，為實現「主義」鞠躬盡瘁。即使他死了，還會有更多更多的英魂接踵而來……

詩的第三句：

一句口號出口　轉彎還能射穿人心

銅像站起身後，要如何讓群眾清楚明瞭他為主義奮鬥的一生呢？野心家按照自己的需要把他的「偉大」事蹟濃縮在一句句宣傳的口號裡。即使它們是「轉彎」了，由於群眾已經被徹底洗腦，所以不會有任何人懷疑這些口號背後的政治目的。與第一句的「玩空」一樣，「轉彎」十分生動又形象地對他們做了最無情的諷刺。

白靈兄是個詩人，不是一個政治家，也不是一個革命者，即使他看出歷史的真相和銅像的虛偽，他最後也不做任何價值的判斷，只是選擇從一個「詩人」的角度來總結他的看法。所以，詩的第四句是如此結束的：

而僅僅因一樁偶然　竟啃盡已然必然和未然

「時勢造英雄」，英雄能成為銅像是時勢偶然造成的，有時候他們是身不由己，所以白靈兄才會感嘆，「竟啃盡已然必然和未然」，無論是前世、今生或來世，他們都已被命運安排了，無處可逃。

在專制政權的統治下，銅像、主義與口號是他們精神奴化人民的重要工具。讀白靈兄這首詩，你需要把「廣場」放大，它可能是一個國家、一個政權或一種革命的象徵，所以在這個廣場裡站起身的銅像就含有多層的意義。全詩的最亮點應該就是結束的第四句，「已然必然和未然」留下了很多值得你去思考與玩味的空間。

2月7日

比較白靈兩首〈金瓜石〉

林廣

〈金瓜石〉（原稿）／白靈

石階是明的，記憶是暗的
街道是陽的，甬道是陰的
山體內部水滴正滴答已熄滅的頭燈

博物館中那座金磚還在流汗……

〈金瓜石〉（修正稿）

石階是硬的，街道是亮的
坑道墨黑幾萬雙手爭先，挖空人心

山體內部水滴正滴答已熄滅的頭燈
博物館中那座金磚還在流汗……

其實白靈〈金瓜石〉的原稿已經寫得很好了，他為什麼要修改？想必是發現原稿還有不足之處，才動筆去修的。我試著從兩首詩形式的變化，去推敲詩人的用心。

原稿四行詩採取「三／一」格式。前三句重在鋪陳或點染，末句才是詩的核心。先看前三句，前兩句運用對偶，藉由明、暗，陽、陰的對比，來凸顯坑道與現實世界的差異。第三句是轉折關鍵：「山體內部水滴正滴答已熄滅的頭燈」。這是經過壓縮後的語言，如果要還原為正常寫法可能要加寫很多字。

例如：「礦工不斷深入挖掘／卻沒有注意／山體內部的水滴正滴答滴答的響／當坑道崩毀／頭燈也在黑暗中熄滅」。這只是一種可能性。事實上，「水滴正滴答」可以是災難的預兆，也可以是礦穴內永恆的迴響。作者將它跟「已熄滅的頭燈」加以綰合，這樣的連結更加強了詩的深度。可是這一句放在這個位置，就會顯得過強，甚至減弱了末句的諷諭性。

修正稿改成了「二／二」格式。前兩句是賓，後兩句是主，賓主分明，並能借賓顯主，所以在格式上比原稿恰當。首句將原稿前兩行的石階與街道並列：「石階是硬的，街道是亮的」，次句再將原稿的記憶與甬道改為：「坑道墨黑幾萬雙手爭先，挖空人心」，賦予抽象的暗與陰更具體的意象，也隱約點出主題：不知有多少人爭先恐後去挖金礦。作者不寫「挖空礦脈」，卻寫「挖空人心」，更具有形象化的特質（背後隱藏的是「人性的貪婪」）。

前兩句既寫現實與坑道明暗的對比，在形式上已經完足，因此將原詩第三句挪到下一段跟末句連結。「已熄滅的頭燈」可以指坑道塌陷產生的悲劇，也可以指現在已經沒有人再去坑道挖金：坑道的水滴仍在響著，已經無金可挖的坑道，採金的「頭燈」當然也跟著熄滅了。然而歷史是不會消失的，「博物館中那座金磚還在流汗⋯⋯」那段萬人挖金的故事還是流傳下來了。「流汗」是呼應前段第二行，金磚哪會流汗？這樣的擬人筆法，強化了人性貪婪的諷諭，將整首詩推到最高點，但讀者卻看不見任何激情的批判，只是用「金磚還在流汗⋯⋯」道出這種為了錢而不惜流血流汗的故事將會一直綿延下去，就像收尾的刪節號一樣。

詩人的用心，可以從他對自己作品修改的歷程看出來。希望透過這樣的比較，大家更能體會〈金瓜石〉蘊含的深刻意涵。

補記

寫完了白靈〈金瓜石〉的短評，他又再度更改了詩稿。將原來修過的第二句「坑道墨黑幾萬雙手爭先插入，挖空人心」，改為：「坑道墨黑幾萬雙手爭先插入，挖空自身」。靈歌在留言裡提到：「白靈老師對於寫詩的嚴謹要求，真是所有寫詩者學習的典範！」誠然如此！我們就來探討一下，到底兩者有何差異。

「坑道墨黑幾萬雙手爭先插入，挖空人心」，黑壓壓的坑道卻有幾萬人爭先湧入，為的是黃金；最直接的寫法，當然是「挖空礦脈」，但這種寫法太直接，所以採用虛實轉換手法——實而虛之，將實的「礦脈」轉為虛的「人心」。「人心」是無法挖掘的，用「挖空人心」更能表現出人性的貪婪。

白靈老師所以要將「挖空人心」改為「挖空自身」，主要原因可能在於「人心」還是略為空泛，不足以表達貪婪的來源。改成「挖空自身」，就更明確指出：挖空的不是別人，而是自己。這對淘金者來說，不是更強而有力的警醒嗎？

這兩種寫法，前者具有普遍性，諷諭的是所有的淘金者；後者具有個別性，針對每一個去淘金的個體。哪個寫得比較好，可能見仁見智；但從這樣的修改過程，我們更見到了前輩詩人謹嚴對待自己作品的風範。

2017年2月10日

為什麼截句？
——讀白靈〈截句的原因〉

卡夫

【截句】〈截句的原因〉／白靈

匙孔找對鑰匙再糾纏也只能一瞬
你見過鑰匙一直插著不拔的嗎
最精彩的演出是用噴的
煙花燦天後不凋謝還能叫煙花嗎

截句有兩種寫法：一種是從舊作中截取精華四句成詩。一種是只能寫四行以內的小詩。（綜合白靈兄和紹連兄看法）兩種寫法的共同點是，原本可能要長達十數行或更多才能完成的詩，現在只要四行就足以讓讀者開啟一段奇妙的詩想旅程，詩中沒說出來的意思可能比說出來的四行更引人深思。

白靈兄是截句的倡導者，極力推廣，讀這首詩，感覺他用心良苦，用截句來詩寫「截句的原因」，目的就是要讓人更信服他所提倡的截句。

從鑰匙開門的一瞬到煙花燦天，寫的都是「時間」，白靈兄正是藉著這瞬間發生的事來解說截句的特點。

我是從以下三個層次來讀這首詩。

第一，截句必須要濃縮全詩的精華，它就有如一把開啟詩人詩想大門的鑰匙，只要我們能找到它，用它開門進入詩後，就可以有更多想像的空間，所以詩一開始如此寫：

匙孔找對鑰匙……

這是白靈兄對詩寫截句者的忠告，因為真正好的截句並不多。

第二即使是找對了鑰匙，開門也不過是一瞬間的事，我們不能一直糾纏不放，進入後就需要各自解讀，這也正合了《莊子・外物》中說的：「筌者所以在魚，得魚而忘筌。」好的截句自然也能給讀者多層次的解讀空間，讀者也無須拘泥於詩人原來的詩想。所以，詩接著如此寫：

你見過鑰匙一直插著不拔的嗎

第三煙花燦天，就是指讀詩時霎那間的頓悟，那是一種十分愉悅的感覺，但它卻是如此的短暫。這也是讀詩的一種過程，有些詩任你如何苦思冥想就是無法進入詩的心裡，有些詩卻猶如煙花燦開般，閃亮了你的詩想。

如果煙花燦天後不能凋謝，它還能叫煙花嗎？如果一首截句不能像煙花般燦亮你的詩想，讓你有所悟，還能算是好的截句嗎？煙花從燦開到凋謝的時間不長，截句只有四行也不長，也許在分秒間就能讀完它，但是好的截句卻能讓你的思想如噴泉一樣不斷地「噴」出一個又一個的煙花……

2月21日

〈誰的戲〉點評及回應

懷鷹、白靈

拙詩〈誰的戲〉除在此個人網頁外，昨日也同步刊登在「facebook詩論壇」，於該論壇獲得諸多詩友的回應。其中新加坡詩人懷鷹先生的點評因較完整，個人也針對其中若干觀點提出回應。經過整理後，刊於底下，以供愛詩人參看。

原詩

【截句】〈誰的戲〉

日落海上，準備最終的演出
我的睫毛拼命揮走多如蝙蝠的烏雲

舌頭還伸長到天邊，不捨它摔得太重

黑夜出手，把晚霞的傷口拉上

懷鷹點評

這個戲碼日日上演，觀眾習以為常，但那是一天裡最璀璨的時刻。雖說「日落海上，準備最終的演出」，可謝幕的布幔始終掛在那兒。睫毛太細，揮不走「多如蝙蝠的烏雲」。舌頭除了有味蕾，還有「伸」的作用，這一伸竟然伸到天邊，突發奇想的誇張，把夕陽（夕陽與晚霞本一體）擬人化了，那究竟是誰的舌？看來是晚霞化為夕陽之舌，這是動態語言。此舌不止能伸，且能托，不讓它（夕陽）摔得太重。儘管如此「拼命」，夕陽還是要落入海，消融了晚霞，留下「傷口」。此時，「黑夜出手」，把天空和海的抗爭撫平，「晚霞的傷口」隱而不見。

詩題為〈誰的戲〉，堪可玩味。大自然的變化是一種因循的規律，日復一日，誰都不能阻擋。它在變戲法，太陽、晚霞、海、黑夜，乃至於天地萬物都是戲中「戲」，我們又何嘗不是戲中人？

白靈回應

謝謝懷鷹兄精細的分析及點評。吾兄說的是，我們皆是戲中人，明明是小角色，卻自以為重要乃至可力挽狂瀾，甘心付出無謂的心血，尤其是一些政治、主義、口號的一時燦爛和誘引。直到最末才明白什麼皆被設計好了、大局根本無可阻攔。感謝吾兄點出了詩的根節和一些用語的轉折。祝福！

懷鷹再回應

這正是現實世界的悲哀，詩的弦外之音有時是被隱藏起來的，借用大自然的變化和規律，婉轉地表達。有意思的是，本該被詛咒的黑夜卻扮演了「救世主」的角色。這首詩給我的體會非常深刻。正如顧城的「黑夜給了我黑色的眼睛／我卻用它尋找光明」，但光明卻不因為黑夜所賜予的眼睛就顯示出它勝利的力量，反而更加深黑夜的色斑。您這首詩也有這個暗示。

白靈再回應

懷鷹兄，黑暗的力量是不可知的、廣闊的，宇宙性的，可正可負的，魔與神均從其中汲取原力。每人內心也都隱藏這樣正負同存的原力，我們自己不用，別人就幫忙濫用。這或也是政治與宗教同存世界，不近身卻能左右我們的原因。懷鷹兄，謝謝，受教了。

懷鷹三度回應

神性與魔性（獸性）並存，天堂與地獄同在。人字只有兩劃，古人早就洞悉先機。正如陰與陽，光明與黑暗，生與死，愛與恨，政治與宗教之間，從來不分開。天亮了，預示黑暗也已開始。詩歌所探索的，正是兩者之間的齒輪狀態。唯其如此，我們才看到黑暗盡頭的光明，死而後生。謝謝了，您的詩給我很多啟發。

3月11日

〈我的心有好幾個洞〉點評及回應

懷鷹、楊子澗及蕭蕭等

拙作截句〈我的心有好幾個洞〉（和蕭蕭〈我藏著一片草原〉／原作附文末）4月20日於此個人網頁及《facebooK詩論壇》同步刊出後，詩人懷鷹、楊子澗及蕭蕭分別加以或長或短的點評，筆者也略作回應，現按時序分享於下，以供愛詩人參看。

原詩

【截句】〈我的心有好幾個洞〉

——和蕭蕭〈我藏著一片草原〉／白靈

一個洞　蛇一條小溪
一個洞　風箏一隻老鷹

另一小洞挺了很久
刻雷電收流星的黑黑草原

懷鷹點評

看似戲作，卻有一些饒有趣味的意念。那是什麼洞呢？小溪、老鷹（這些都有意象修飾）從洞裡出來，可見非一般人尋幽探險的「仙人洞」，而是臥虎藏龍的「洞」。前兩行詩句並沒有給人太大的震撼，後兩句卻是「變景」了，白靈兄真正要說的「奧秘」

就在此。「另一小洞挺了很久／刻雷電收流星的黑黑草原」，這小洞原也是大大小小的洞中之一洞，只因藏在暗處（黑黑草原），你看不到，小洞不甘寂寞，於是把雷電刻上去，把流星收住，讓人以為此洞將大放光明，卻怎麼看都還是「黑黑草原」，其諷刺的意味顯而易見，投影在人間諸事，就更令人會心一笑矣。前後兩節是個對比和襯托。

白靈回應

懷鷹兄以明暗對比論此詩，使兩節有了強烈的區隔和互參性。寫的時候沒想太多，但憑直覺而行，只隱約感覺其中定要有許多自諷的味道而已。謝謝懷鷹兄！

懷鷹再點評

忽兒又想到，我們可以從另一個角度來看。這首詩是應和蕭蕭兄的草原，自然帶有人體的某些象徵。

既然題目是〈我的心有好幾個洞〉，基本就是從心的特徵出發。心臟有四個心室，左二右二，一邊流出蛇一樣蜿蜒的小溪，清澈見底，一邊飛出老鷹，翱翔雲空，浪漫主義的情懷，但與此同時，另一邊的「洞」卻是「黑黑草原」，明與暗的對比，矛盾的人生，人就在這樣的狀態中一面放飛，一面退縮。白靈兄的「妙思」怪趣之中，蘊含哲理。

白靈再回應

果如懷鷹兄所言，於放飛和退縮之間來回，矛盾乃生。

楊子澗點評

蕭蕭兄的草原被您收了！呵！

白靈回應

子潤兄，蕭蕭兄的草原在哪裡我都沒找到，如何收？而且一定有眾多子弟兵守衛，近不得啊！

楊子潤再點評

說的也是，他在天空落了款！

蕭蕭點評

蕭蕭的〈我藏著一片草原〉是以靜態去收納天地間的驚聲尖叫、威嚇震懾，原詩「我就是藏著一片草原」，「就是」充滿自信、敦厚的力量；而且沒有點出藏在哪裡（一般會認為是胸中、心中），所以可以是「無處不是草原」，草原無所不在。

白靈的〈我的心有好幾個洞〉，以類近寫實的題目開始，卻又帶著科幻式的洞，充滿想像。整體而言是以動——蛇一條小溪是動，風箏一隻老鷹是動，刻雷電收流星也是動——以此回應蕭蕭的靜。

〈我的心有好幾個洞〉前兩行是現實的、地表上的洞，已經非常開闊，真如楊子澗所說，收納了蕭蕭的草原。後兩行卻是宇宙上的黑洞，玄想的黑洞，跳脫了蕭蕭的草原。

蕭蕭筆名所示，應該是靜靜地承接，頂多有著一些些風聲。白靈的動，應該就是靈動，白靈靈的動。

洞，深邃了草原。收流星，立體了草原。

草原只能在天空落款。白靈的心，多竅，我們無法得知、無法看出他在何處落款，或者：需要落款嗎？

白靈編按

底下為蕭蕭原作（4／19）及筆者簡短留言，此作理應因事而起，有寬廣胸懷、不懼為讒讒流言所傷之意：

蕭蕭原作

【截句】〈我藏著一片草原〉

我就是藏著一片草原
不怕響雷閃電

白靈留言

「就是」二字是宣言，是自信，是無畏。

4月22日

詞彙與意境

畢仙蓉

白靈文前小記

拙作截句〈暮色〉四行，於3月28日原刊於此個人網頁及《facebook詩論壇》，臺中市推廣詩運不餘遺力的畢仙蓉老師將這首詩與兩位國一、二的學生分享，以活潑的引導方式相互討論。4月24日畢老師並將此教學過程於其《試在畢得》網頁公佈，分享予教學人、愛詩人，現已徵得畢老師同意，轉貼於下面（出處註明於文末），在此謝謝她。

詩的推廣能從青少年開始真是帥呆了，他們純樸未雕，想像力滿天飛！如果哪天他們也上《facebook詩論壇》貼截句的話，那些大哥哥大姊姊可要當心啊。

**原文如下（為閱讀方便，文中A、B、C及小標為筆者所加）

4月25日

A成員

師：畢仙蓉老師

冠：國二，一般資優生　林冠吟

家：國一，一般資優生　林家伃

授課時間：五十分鐘

B詩作

【截句】〈暮色〉／白靈

時間鑽出了水牛角尖
田中小徑牽著
為彎下身的黃昏一路放血
繃臉天空綢緞也似鬆了

C引導過程

師：先請你們兩位閱讀白靈老師的〈暮色〉這首詩，再告訴我老師他在詩裡的用詞，對意境產生什麼效果，或者是讓你們有些什麼樣的聯想。（二生默讀……）

冠：我舉〈暮色〉為例。「時間鑽出了水牛角尖」的「鑽」讓我感覺到那是很特別的時間點。

仔：特別凸出的部分。

師：可以再說明白一點嗎？例如：你們覺得時間特別怎樣？

冠：讓人印象深刻。

仔：水牛角尖本來就是尖的東西，又用了一個「鑽」字，會有一種更銳利的感覺。

師：好！繼續分析。

冠：用「放血」讓人更可感覺到是用水牛角尖劃破天空。

仔：我們一般只會用「染紅」，「放血」會給人感覺那個紅更鮮豔了。

師：「繃臉」是誰繃臉？

冠：是人

師：什麼人？

仔：望著天空的人。

冠：在田中工作的。

師：可以說出你們各自認為的理由嗎？

仔：如果是向前看，天空就感覺很狹小。站在地面仰望，就有那種劇場360度環繞的感覺。

冠：前文用「水牛角尖」和「田中小徑」，使我覺得這應該與田中工作的人有關。而且前一句用了「彎下身」，像是在田裡工作的感覺。

師：你們要不要思考「彎下身的黃昏」這幾個字？

冠：啊！太陽漸漸落下……

仔：好像彎下身體！

冠：那麼繃臉的是天空。

仔：所以說：「繃臉天空」！

師：天空為什麼會繃臉？

仔：白天比較熱，太陽在白天拚命照著大地，很累，累到繃臉。

冠：白天，人工作壓力大，太陽也不輕鬆。

師：太陽下山就……

仔：輕鬆了。

冠：解脫了。

師：田中小徑牽著誰？

冠：時間。

仔：把太陽拉下山了。

師：今天討論重心在詞彙與意境的關係。

冠：平常我們會認為是牧童牽著水牛。「田中小徑牽著」讓我看見水牛在田間小徑上走著走著……走到太陽也越落越下去。

仔：田中小徑同時牽著水牛和時間。

師：沒有牧童？

冠：牧童一定有，所以不必特別提到。

師：好！那麼你們知道「放血」有什麼作用嗎？

仔：可以讓我們查一下嗎（上網）

師：好！（二人查詢中……）

仔：放血可以使氣血暢通。

冠：呼應「綢緞也似鬆了」。

仔：心情很愉快！

師：「為彎下身的黃昏一路放血」口語化怎麼說？

仔：夕陽越來越紅。

冠：放血！（喃喃自語）慢慢、慢慢……染紅整片天空……

師：有舒服的感覺嗎？

冠：嗯！

仔：不知今天放學可不可以看到放血的太陽？（下課鐘響）

（見《試在畢得》，2017年4月24日）

讀白靈新詩截句〈你是自己的遠方〉

卡夫

截句，最多只能寫四行。

一首好的截句，重量不亞於一首長詩。它的文字雖精簡，卻能讓人各自解讀，面向豐富。有一次，向白靈請教「作者已死」的課題時，他認為即使解得最靠近作者，仍是局部。意思是作者也不可能掌握作品完整的文本詮釋權，因為文本的歧義性，有些是作者也不知他的文本包含多元解讀的面向。

不久之後，就讀到他寫的這首「截句」〈你是自己的遠方〉：

你的眼睛連通海
你是你甩得最遠的浮標
波著遠方　被遠方波走

海被吵醒說　什麼是遠方

「遠方」在哪裡？「你」是誰？「你」與「遠方」究竟有什麼關係？基於白靈文字誘發多重意會的可能，間或有誤讀，他對閱眾的讀感無可避免地無法掌握，就容我肆無忌憚地從重構詩人創作的意圖，為「遠方」提供一種多元解讀的可能。

詩中出現的「海」讓你和遠方構成了一種關係，或者說它把二者隔離了。私大膽假設「你」指的就是當年從大陸撤退到臺灣，目前還健在的老兵，所以第一行如此寫了：「你的眼睛連通海」。

他們希望有一日可以不用再「看海」，因為「你是你甩得最遠的浮標」，是誰讓他們在年輕時，為了一個信仰而離鄉背井，被逼成為海上的「浮標」，他們的根在「遠方」嗎？詩第三行「波著遠方　被遠方波走」很無情地告訴他們，掛念著的遠方早把他們「波走」了。

詩第四行，更是直接的如此結束「海被吵醒說什麼是遠方」，白靈藉著海的「覺醒」，反問他們「什麼是遠方」？他提供的答案就在詩的篇名裡，你是自己的遠方，不要再對海另一邊的遠方抱有任何的幻想。

如果我們沿著這個詩路思考的話，表面上看到的「遠方」是一個老兵的悲劇，實際上是折射出兩岸的恩怨情仇。「你就是遠方」無妨看作是以臺灣為本位，涵蓋著更多詩裡不能說、不想說、也不可說的意義，這就讓「遠方」留下更多未及說的思辨可能。

其實，從「老兵」切入讀白靈這首截句，是我自圓其說的一種誤讀。「老兵」已是一個很老的題材，大概不會是他寫「遠方」的動機。

臺灣年輕詩人陳繁齊（1993- ）在2016年寫過一首小詩〈到遠方去〉：「我和妳說／我要到遠方去／一個時間比較慢的國度……」。已故中國詩人汪國真

（1956-2015）也有一句在網上廣為流傳的詩句「到遠方去　到遠方去／熟悉的地方沒有景色」〈旅行〉。

遠方對許多人來說，可能是遙不可及的，所以它才迷人。也許每個人心中都有一個想去的遠方。不同的人，要去的遠方肯定會不同。對旅人來說，遠方等著他的是陌生的風景；對老兵來說，遠方是再也回不去的年輕故鄉；對城市人來說，遠方可能是他想追求的一方淨土；對詩人來說，遠方其實就是一首一直不會寫好的詩。

「你是你甩得最遠的浮標」暗喻了你想去的遠方，有多遠就想去多遠，所以，詩接著如此寫「波著遠方　被遠方波走」。但是詩最後卻是這樣結束的「海被吵醒說　什麼是遠方」，既然遠方可能是無法抵達的，白靈的忠告是，你只好超越遠方，也即是必須超越自己，因為「你」就是遠方。這是我對這首詩另一種試讀的可能。

5月26日

白靈〈當掌聲響起〉

懷鷹

那一瞬　時間站起身
立了一秒鐘的碑
即被逝者如斯夫抓走
戴上氣泡帽拍照　啵

「那一瞬」的時間概念是什麼呢？也許只是眨一眨眼。在那麼短促的時間裡，我們能完成什麼？實際上，什麼都完成不了。

但時間本身卻能。

「那一瞬　時間站起身」。時間是人的換喻，卻又是一種將抽象的流程具象化。時間當然不能站立，能站立的是借助時間的外衣的「掌聲」。在劈劈啪啪的「掌聲」裡，我們彷彿能感受時間站立的「輝煌」。這是虛寫，用以襯托某種虛弱的榮耀。這是偷換概念的寫法。

時間站立起來後，只是「立了一秒鐘的碑」，「一秒鐘」當然比一瞬長些，但有什麼意義呢？短和更短差別不大，都是在眨眼間，就被「逝者如斯夫抓走」。「逝者如斯夫，不舍晝夜」是孔子的一句名言，形容時間像流水一樣不停地流逝，一去不復返，感慨人生世事變化之快，亦有惜時之意在其中。出自論語《子罕》。詩人只用了上句，巧用典故，與時間剛好構成一個三角圖形。起身、立碑、抓走，順序而來，最後歸結於「戴上氣泡帽拍照」，然而，鎂光燈一閃，所有虛幻的夢發出一聲「啵」，全都被戳破了，一切都化為虛無。掌聲也好，碑也好，都只不過是一種轉瞬成空的注腳。

一秒鐘的虛幻，卻也滿足某些人的心理，我們只在一旁竊笑。時間跟我們開了多大的玩笑，一切留不住的偏要留住。寫來有點黑色幽默，讀後不禁莞爾。尤其是最後那一聲「啵」，戳穿了世上最大的謊言。

7月2日

臺灣詩學25週年　截句詩系03　PG1883

白靈截句

作　　者／白　靈
責任編輯／盧羿珊
圖文排版／莊皓云
封面設計／楊廣榕

發 行 人／宋政坤
法律顧問／毛國樑　律師
出版發行／秀威資訊科技股份有限公司
114台北市內湖區瑞光路76巷65號1樓
電話：+886-2-2796-3638　傳真：+886-2-2796-1377
http://www.showwe.com.tw
劃撥帳號／19563868　戶名：秀威資訊科技股份有限公司
讀者服務信箱：service@showwe.com.tw
展售門市／國家書店（松江門市）
104台北市中山區松江路209號1樓
電話：+886-2-2518-0207　傳真：+886-2-2518-0778
網路訂購／秀威網路書店：http://www.bodbooks.com.tw
國家網路書店：http://www.govbooks.com.tw

2017年9月　BOD一版
定價：300元

國家圖書館出版品預行編目

白靈截句 / 白靈著. -- 一版. -- 臺北市 : 秀威資
訊科技, 2017.09
面； 公分. -- (截句詩系 ; 3)
BOD版
ISBN 978-986-326-458-3(平裝)

851.486 106014595

讀者回函卡

感謝您購買本書，為提升服務品質，請填妥以下資料，將讀者回函卡直接寄回或傳真本公司，收到您的寶貴意見後，我們會收藏記錄及檢討，謝謝！

如您需要了解本公司最新出版書目、購書優惠或企劃活動，歡迎您上網查詢或下載相關資料：http:// www.showwe.com.tw

您購買的書名：____________________

出生日期：________年________月________日

學歷：□高中（含）以下　□大專　□研究所（含）以上

職業：□製造業　□金融業　□資訊業　□軍警　□傳播業　□自由業

□服務業　□公務員　□教職　□學生　□家管　□其它_____

購書地點：□網路書店　□實體書店　□書展　□郵購　□贈閱　□其他

您從何得知本書的消息？

□網路書店　□實體書店　□網路搜尋　□電子報　□書訊　□雜誌

□傳播媒體　□親友推薦　□網站推薦　□部落格　□其他__________

您對本書的評價：（請填代號　1.非常滿意　2.滿意　3.尚可　4.再改進）

封面設計____　版面編排____　內容____　文／譯筆____　價格____

讀完書後您覺得：

□很有收穫　□有收穫　□收穫不多　□沒收穫

對我們的建議：____________________

____

____

____

請貼
郵票

11466
台北市內湖區瑞光路 76 巷 65 號 1 樓
秀威資訊科技股份有限公司 收
BOD 數位出版事業部

（請沿線對折寄回，謝謝！）

姓　　名：＿＿＿＿＿＿＿＿＿＿　年齡：＿＿＿＿　性別：□女　□男

郵遞區號：□□□□□

地　　址：＿＿＿＿＿＿＿＿＿＿＿＿＿＿＿＿＿＿＿＿＿＿＿＿＿＿

聯絡電話：(日) ＿＿＿＿＿＿＿＿＿＿＿＿ (夜) ＿＿＿＿＿＿＿＿＿＿＿＿

E-mail：＿＿＿＿＿＿＿＿＿＿＿＿＿＿＿＿＿＿＿＿＿＿＿＿＿＿